JN184753

歌集

# 海見ゆる丘

中山くに子

文學の森

満開の千本桜をたづね来て
　われもいつしか万座の一人
一目千本桜（宮城県・白石川堤）

千年の命しぼりて咲き盛る
　三春の桜望遠に撮る
（福島県）

風雪に堪へて立ちゐる岩の木の
根元に残る紅葉一叢
（秋田県・八幡平高原）

# 歌集　海見ゆる丘＊目次

カバー・口絵写真　著者
装　丁　文學の森装幀室

歌集

# 海見ゆる丘

## 茜の雲

平成十七年

船頭の歌に酔ひつつ川下る頰を涼しき風に吹かせて

百二歳の姑《はは》眠るがに逝きたまふ来し方思ひ両手を合はす

焼き芋の笛追ひかけし幼き日の思ひ出描く茜《あかね》の雲よ

柿色の夕日の中に浮かびくる予備校通ひの孫の自転車

産立《うぶだち》の祝ひの吾子におろおろと手出しこはがるGパンの甥

身の弱き夫に寄り添ひ子供らの金婚祝ひの席に招《よ》ばるる

## 曾原の湖

平成十八年

花を愛でひたすら育てゐし友の花咲く庭に倒れしといふ

はじめてのアルバイトの様子《さま》細ごまと語りゐる孫の目を輝かす

悠々と青田の上を舞ひてゐる大鷺一羽わがもの顔に

行くほどに木立揺るがし迫り来る大滝の音に歩を速め行く

月の夜の川辺の土手を寄り添ひて若きら越し行く歌ハモりつつ

明け初むる曾原《そはら》の湖に紅《くれない》の山鮮やかに澄みて映れり

今年又結婚記念の日を迎へささやかな膳囲みて座る

# 妹

八月に病と知らされ十二月三十日逝く

八月

歳問へば病に臥せる妹は「四歳違ひ」と改めて言ふ

九月

「待つてゐた？」と問へばかすかに首振りてほつと吐く息頰の揺らぎよ

十月

「永くない」とわづかに笑まふ妹よ病得て早や十年の秋

## 十一月

たんたんと「明日なき身よ」と妹は病歴語る窓辺の床に

妹の「転移は五臓六腑よ」とあつけらかんと語りてをりぬ

十二月

めくるめく生活の習ひ背に重く担ひて生きし妹は逝く

何時の日か四国巡りをと語りゐしに希望果たせず妹は逝く

## 旧友

平成十九年

来る度に背丈伸びゆく男の孫の進学成りて一人暮し初む

湯浴みするわれの外には音もなくしばし浸りぬ真夜の湯船に

初任地を共に過ごしし友集ふ半世紀経し面輪をみせて

朝まだき庭に下り立ち見る萩の紫色の露のこぼるる

西行の「戻しの松」の歌碑近く切り立つ丘に海を眺むる

紅葉なす樹海の上の遥かなる岩手連峰藍立ち暮るる

「やはらかに知的に老いたね」と書きて来ぬ恋ひ初めし頃の君からの文

石巻市民短歌大会入賞

山畑に豆ひき終へて休みゐる老いの背ふたつ赤とんぼ止め

成人の日　　　平成二十年

連れ立ちて凍てたる坂道登り来て初日を拝む心清しく

ねんごろに青墨すりてうかららと新しき年の祝ひ書き初む

成人の日に振袖姿の孫の来て語らひ弾み茶の間をわかす

息子《こ》の家の上棟式に招かれて喜ぶ所作をしかと見届く

霞立つ渓谷沿ひのせせらぎに翡翠《かわせみ》のとぶ朝のひととき

前山のけたたましき声に振り向けば番《つが》ひの雉の草原に立つ

毛越寺の大泉が池をめぐり行く水面の青葉雲したがへて

正法寺の涅槃の釈迦の微笑みて鳥獣人畜四方《よも》にはべらす

わが国の古典の雅《みやび》見せんとて師匠は舞ひぬ留学生らに

今朝も又名をつぶやきて香を焚く妹の好物メロンを供へ

薄暗きキューポラの館にたたら踏む腓《こむら》はりゐる女たくまし

時を経たる南蛮井戸をのぞきたり今も溢るる水清らかに

石巻市民短歌大会入賞

台風が来るぞと男浜に立ち沖に向かひて身じろぎもせず

一期一会

平成二十一年

手を携へ八十路の坂を進み行く歩み遅くも明日を見すゑて

星くづの如き街の灯映しゐし川辺のホテルは今季限りと

エネルギー光に変へて飛び盛り蛍は恋の命を繋ぐ

点滴の小一時間を待つ間本読めど目は上辺を滑る

薄暗き木立の中の曼珠沙華あやしき程の朱に染まりをり

陽春の撮影会は福島の一期一会の桜求めて

連翹の萌え立つ黄色取り合はせ幾重にも見ゆ花山の桜

写友らと肩にくひ込む機材背にシャッターチャンス求めて歩む

草陰に笑みを含める石仏《いしぼとけ》頬寄せ合ふは姉妹か知れず

男の孫の「サクラサイタ」のメールあり「僕の進路はパイロット」だと

借景の銀嶺遥かに望みゐて今散りしきる一本桜

悠久の歳月を経て片倉家の御廟の石碑苔むして建つ

北上川《きたかみ》の下流の中洲に丈なせる葦積む舟の夕日に染まる

## 介護　1

平成十二年

夏以来千々に乱れる体調に戸惑ふ夫を支ふに重く

市の検診に夫の発病を知らされぬ乗り切る術を一夜語りぬ

気難しき術後の夫の体調に言葉選びてただ見守りぬ

病む夫の心はかれぬもどかしさ寝返り一つにうろたへをりて

日一日と癒えくる病ことばにも自づと出でて夫座りをり

大丈夫と床の上に起きいでて夫は日がな食と向き合ふ

朝食を「残さず食べた」と笑む夫よ春告鳥《はるつげどり》のとび交ふ朝に

療養の峠越したる病床の夫の笑顔にしばし寄り添ふ

寒菊を食べたき色と言ふ夫よ思へば長くきびしき道のり

一年の夫の療養支へきて今あることに共に手を取る

## 介護　2

平成二十二年

いよいよに八十路の空の明けきたり二人の面に初日あまねし

今朝の雪夫にも少し見せたくて背を抱き起こす雪見障子に

介護する側にゐられる幸せを心に留めて夫の手を引く

細々と命をつなぐ点滴に週二度通ふ主治医のもとに

高齢といふ名の病ありといふ若き主治医のいと軽々と

病得て久しくなれる夫なれば背負ひてもなほ心もとなし

室内の夫の歩行に背を貸せば首すぢに当たるあつい吐息が

「ＮＨＫ介護百人一首」入選

掌《て》に触《ふ》るる背《せな》の薄さよ雪山を共に駆けにし君にありしか

もの言はぬ夫を看とりて十年余今朝の瞳は何を告ぐるや

病院の夫を見舞ひて帰る道祭太鼓の噎《むせ》びて聞こゆ

川開きの祭行事の縄引きに日焼けし男ら勝鬨あげる

北上の川面に上がる遠花火流るる雲の茜に染まる

波の来て一つ離れし流灯に幸薄かりし友を重ねる

けたたましき蟬の鳴く音に目覚めたり限りある命惜しむがに鳴く

子燕の餌を待つがに口あけて夫は無心に粥を飲みこむ

介護応援少しふやせと息子は言ひぬ老々介護の身を気づかひて

観劇のほとぼり乗せて帰路に着く弁慶の台詞口ずさみつつ

萎えし手で夫の書きたる筆運びたどれば見えくる家に帰りたいと

病院の夫とのアイコンタクト取れぬ日は帰りて一人枕を濡らす

「おいしいの」と問へばうなづく病床の夫の表情可も不可もなく

## 介護　3

平成二十三年

半世紀連れ添ひきたる夫のため宮坂に一人の初日を拝む

熱燗はわがまほろばと夢の中夫の起ききて共にほろ酔ふ

ケアホームは無言の世界か各々の黙せし部屋に静寂ばかり

息子ら二人同期会とて宵を越す夫にもありしよ綺羅《きら》のいく年

夫の居ぬ部屋は虚ろに広すぎて白い障子に面影よぎる

尊厳を保ちつつ夫は生きをりぬ言葉にならぬ意思通はせて

## 東日本大震災

庭の木の小鳥一瞬さわぎたち大揺れのなかただ堪へゐたり

浸水の二階に二夜過ごせども未だ水ひく気配も見えず

被災の屋根にはりたるＳＯＳにヘリコプターの縄の下り来ぬ

運ばれし仮の被災収容所は仮の灯ともり雪降りゐたり

四日目に山から臨んだ門脇《かどのわき》街並みは消え学舎《まなびや》は燃え

家並みなく道なく木なく音もなく海がこんなに近かつたとは

三陸を襲ひし津波一階を胸まで浸し七日居座る

浸水せる家財の多くを捨て去りて瓦礫の山に呆然と立つ

震災後直ちに届きし恩師からの「雨ニモマケズ」の版画のはがき

津波後の瓦礫の山に取り組めるボランティア問へば茨城といふ

施設にて被災のがれた祖父訪ね「ジジは平和」と孫の告げ来る

帰る家無くししことすら知らずして施設の夫はただ眠りをり

でこぼこの震災道をひた走る救急車の列粉塵上げて

いつしかに瓦礫の原に道伸びて復興音ひびく朝から晩まで

杖をつき今日も来たりて孫探す老い二人あり瓦礫の山に

百日忌に僧侶集ひし日和山海面にひびく読経の唱和

炎天の瓦礫の山に立つ煙ダイオキシンの混じるか知れず

## わかれ

六月二十日看取りの病院へ転送

一ことの言葉返せぬ夫なれど一握の力わづかにもどる

病床の夫の手とればすがるがに震へる力で幽かに返す

期限なき看取りの床に臥す夫の今朝は無事かとエレベーターに乗る

明日あれと願ふも知らで夫はただ目を瞑りをりひがな一日

臥す夫の癒える力の残りゐてか髭剃りの傷三日で治る

微動だにせぬ夫の手をまさぐりて記憶に留めむと指さすりをり

馳せ来たるはらからの声を聞き分けて頬ゆるませる危篤の夫が

一抹のいのちを夫は悟るごと身じろぎもせず只眠りをり

揺れ動く夫の命を見守《まも》らむとひと日の平穏祈りて通ふ

今生の別れと知らず目をつむる夫の額に氷嚢のあり

父死すの息子からの電話に駆けたれば夫は笑みをり眠るが如く

七日毎めぐる忌の早や七回目海見ゆる丘に納骨すます

遥かなる海面見下ろす丘の上夫が定めし住処か終の

居士となり新しき壇に納まりし夫の面影日に日に穏《おだ》し

朝夕に唱へる法華経いつしかに諳んじ初めぬ童謡のごと

立ち上がる香の煙の揺蕩《たゆたい》にひと日の心定まる習ひ

お供への花の命は短くて早送りする動画のごとし

## 最上の月

「只今は五十番台」と貼り出さる眼科待合室にあくびのみこむ

秋づきて昨日は眼科今日は皮膚科と震災前の通院になる

バス停に下り立つ人の服装に秋色ふえて夕べはなやぐ

松島に女友《めのとも》四人繰り出してしばし憩ひぬホテルの和食に

秋分の台風一過の墓参日と花を供へぬ夫の初彼岸に

墓地求めし頃は見えゐし田代島半ば隠れぬ樹木の伸びて

台風に堪へ忍びたるコスモスの地を這ひつつも花咲かせをり

天をつく湯殿山の大鳥居見上ぐる宇宙《そら》に朱塗りの眩し

御神体にたぎる湯の巌登り来て足元熱く心洗はる

岩風呂に臨む最上の月冴えて窓に映りし音なき灯り

高台に最上宝円寺はでんと座し四方の檀家を見守る如し

寺前の清き流れの堀沿ひに一叢尾花の風に揺れをり

清流に緋鯉真鯉の列なして速い流れに逆らひ泳ぐ

名残り

母子像の建立されし大川小の親達の大方はわれの教へ子

被災の松はコカリナとして蘇《よみがえ》り復興祈念と今日コンサート

満ち潮の今なほ寄せ来る湊町夜の帳《とばり》に明かりも見えず

大津波に呑まれて逝きし甥の子に入学祝ひのカバンを供へむ

漸くに決まりて仮設《かせつ》棟に住む友の秋深まれば寒さきびしと

被災以来子の家に来て住むわれに「早く戻りな」と地元の老いら

年に一度の互助会主催のバスツアー足腰の萎えし者ばかりにて

毛越寺の池を右手に辿りつつ浄土《じょうど》跡の石積みたづね歩きぬ

藤原の三代の夢跡確かめて霊験の湯に一夜浸りぬ

湯の宿に震災以来の輩《ともがら》と語り尽きない思ひを交はす

妹の七回忌に集ひし孫五人妹の知らぬ曾孫も交じる

妹の墓参の後は奥多摩の湯船にて聞くせせらぎの音

待ちわびし地元復興の開店日千の長蛇に入ろか我も

新米を届けんといふ友の声の若々しさに八十路を忘る

落葉敷き苔むす路を訪ね来て高村山荘の風に吹かれぬ

秋時雨の智恵子展望台に登り来て夫呼ぶ声を風に問ひ聞く

## 一番鳥

冬空に今宵は星のまたたきぬ一つ離るるは逝きたる夫か

震災と夫との別れ経しわれが賜るわづかの余命と自由

就活中の孫出でゆきぬ小山なす瓦礫警備の夜半のパートに

夕日背に桜紅葉の燃えて見ゆ震災直後の仮埋葬跡地に
柿の木に縄張り争ふむくどりの啄みをりぬさへづりながら

静寂を裂きて一番鳥の鬨の声震災五ヶ月の窓白みきぬ

冠水の未だ残れる湊町変らぬ月の水面に揺るる

復興の店をちこちに戻り来て冬木立透かし灯の広がれり

ブロッコリーの摘みたる後に今咲ける花は春には種子を遺さん

十余年介護の日々を経し我に夫は遺しぬ詩歌の遊び

朝まだき眼下に広がる街並みは省エネの街明くるを待てり

三月の地球の異変悼むがに瓦礫を照らす朱き満月

断熱材まだうづたかく積まれをり仮設団地は師走に入る

師走に入り待合室に人あふる要精検も風邪もまじりて

復興の共同の店開かれぬ「ふれあいホール」をさきがけとして

## 茜の富士

平成二十四年

夫逝きて早や半年のつれづれに新年迎ふ息子の家に来て

初富士のまぶしきまでの頂を写メールで送る宮城の友へ

三十七の石の階段登り来て強く振りたり辰年の鈴を

初詣に熱い甘酒いただきぬ干支《えと》の一つを買ひたる店に

マンションの八階にある息子の家のベランダに撮る茜の富士を

窓越しの冬の枯木に止まりゐるからすよ汝も一羽か今朝は

ネクタイもて再生したる提げかばん勇みし頃の夫の物ゆゑ

永平寺よりお見舞ひ品の届きたり震災経て夫と死別せしわれに

被災跡を覆ひて積みし今朝の雪一羽の鳥の飛び立つ音す

父母《ちちはは》の写真なきかと訪ひ来たる友の子ありき津波後三月《みつき》

風通し良いと聞きゐし仮設住宅水道大方凍結せしと

止めどなく雲より湧きくる綿雪にほぼ埋まりたり庭木幾本

夜明け方寒にひびける音のして薪を割るらし日曜のせがれ

日に三度雪掻きすれど坂の道は又氷りたり夕の寒気に

「庵を建て待つてゐてね」と言ふわれに亡夫うなづきぬ明け方の夢

家財捨て床張り替へる家なれば老いに備へてバリアフリーとす

## 春の気配

一米の津波跡残る建具類に春巡り来ぬあの日思はせて

甥の子の背負ひかねたるランドセル回忌を迎ふ供へしままに

お兄系と呼ばるるファッション颯爽と闊歩しいくや渋谷の街を

罹患した家族の一人隔離よと二階と階下《した》はメールの会話

被災地をボランティアとしてまはり来しは二十九年前の新採の同僚

第二回日本短歌大会（東北）一般の部　佳作賞

ひとり居の和箪笥飾る内裏雛白酒の香の部屋に満ちたり

雪白の大根鍋を囲みゐる今宵は雨の雪にかはりぬ

一周忌を迎へし友の名を呼びて自分の声に夢から覚めぬ

降る雨のたちまち雪に変りたり春とは名のみの雛月の夕

帰り来て燃ゆる暖炉に手をかざす炎に浮かぶ父母の面影

大川小の一周忌に集ふそれぞれの祈りの献花思ひ新たに

「おいちいね」と納豆ごはんをかきこめる姪の子珠花《みはな》は二歳と四月《よつき》

「寒かつたね」と彼岸参りに問ひかけぬ初めての墓に冬を過ごせば

高台の冷たい風の吹く庭に水仙十株芽ぶきぬ不意に

遺体なき葬の済みたる友の墓刻まれし名は未だ朱のままに

霞立つ弥生の空はかき消され雨風おそふ春一番の

出先にて予報もなしの俄雨宿りし軒に滝なす二十分

久々に被災のわが家に立ち寄りて玄関の柱せつせと磨く

西日受け色濃く映える桃の花初生りを待つ三年目なれば

## 海の香

連休の予定なき日々独り居て安らぎ居りぬ八十路となれば

嵩《かさ》上げせし造成宅地の傍らに除虫菊揺れる波さながらに

「わが母の記」を演じたる樹木希林老いの呆け役他人事《ひとごと》ならず

復興の街に百匹の鯉幟負けるな立てのサインはためく

序文をも書きくれし師の選びたる句集の題は「祭太鼓」と

祝ひにと師より賜りし万華鏡の内にひろがる限《き》りなき造形

友のひとり未だ帰らぬ海の果て去年は趣味の座囲みてゐしに

心臓は制御のきかぬ臓器なり不意に泡立つ友の訃の来て

去年の春屍《かばね》を埋めしこの丘に白い花揺る挽歌思はせ

目の前に展ける海の香を吸ひてつつじ眺むる人無き丘に

この海のいづこに魔物住みゐるやひきて返さぬ子らの屍を

潮風に吹かれて咲ける花あれど瓦礫の街は土けむり立つ

五月雨にしとど濡れゐる縁の端に子連れて来たる宿持たぬ猫

子燕の巣立ち近いか餌欲しと五羽のせり合ふ身を乗り出して

被災地をしばしのがれて寺を巡る今日は善光寺の闇の回廊

はらからと草津の名湯を巡り来て去年を流しぬ熱い出で湯に

亀の背に亀の子乗せて亀の池ホテルラウンジの木洩れ日の中

夏霧の白根山道登り来て山頂に聞く老鶯の声

## 初盆

展望台の眼下に広がる丸池の夕日に染まるさざ波たてて

西空にくつきり浮かぶ連峰の夏至の茜をしばらく惜しむ

早や夫の周忌迎ふる梅雨明けの海見ゆる丘にはらから集ひぬ

三箱目の香を取り出し火を点す周忌迎へし夫の仏前に

冴えわたるうぐひすの声に目覚めたり小高き丘のここは市街地

壁一つへだてる仮設隣家への音をおさへて食器並ぶる

電話にもテレビの音にも心すと友はなげきぬ仮設の日々を

見わたせば津波後の街に灯が戻り明るい街に若人あまた

駒かけて来るといふ夫を迎へんと盆灯供ふ初盆なれば

被災以来やつと戻りしわが家の柱に壁に残る津波跡

流灯の寄りては離れ川面ゆく読経かすかにひびける中を

復興祈念の連発花火は空こがし消えて散り頻く去年の川面に

閃光は斜めに上り頂点に大輪ひらく重なり合ひて

炎天の街路一ぱいに進み行く鼓笛隊の児ら汗光らせて

被災地の街に龍《じや》踊り練りまはる時には大きく囃《はやし》をそれて

二時四十六分黙禱ささぐる一分間思ひはめぐる一とせ半の

農薬を使はずに育てしと秋茄子を仮設の友は今日も持ち来ぬ

津波後の貸し家を壊す音ひびく隣家はマンションに変るとも聞く

被災地に職を求めて去年今年孫励みをり言葉少なく

## 秋の野

秋の野に虫追ひかけて指を折るどの子もしかと俳句を知りて

最上路の蕎麦畑めざし五時間のドライブの果ての蕎麦の白波

赤い傘のモデル立たせて撮り続く蕎麦畑に秋のまぶしきひかり

蚤虱とふ芭蕉の句碑に触《ふ》りにつつしばし憩ひぬ封人の家に

伊豆沼に初雁の群れ下りたちぬ茜の水面黒く染めつつ

逝きし子のトップを駆ける運動会目覚めて闇に息深く吸ふ

影のなき人と住みゐる夜の更けを訪ひ来ては鳴く小さきこほろぎ

墓建てて「誰が一番か」と語りゐし夫を送りて二年過ぎたり

被災して民家の消えた市街地に高々と建つ介護の施設

骨折して右の手首は固定さる物療処置とてままならぬ日々

喚声を乗せ波を切る湖舟艇時速五十と湖岸を走る

見はるかす三段の滝八幡平の紅葉の中に虹をたたせて

風雪に堪へて立ちゐる岩の木の根元に残る紅葉一叢

冬の月

皓皓《こうこう》と日高見照らす冬の月沈下の街は灯の一つなく

ギプス取りてはじめて受けるレントゲン息止めて待つ暗闇の中

土台だけ残る家跡累々と風に揺れをり雑草《くさ》は繁りて

高校生らが老いらを背負ひ登りしとふ志津川高校の坂道仰ぐ

支所の跡茶色に変りし鉄骨は無言に「津波来ます」と言ふごと

国籍を持たずにはびこる泡立草の背くらべをり津波跡にも

不意にくる余震の強さに弾かれて思はずつかむさもない花瓶を

セシウムの数値高しと裁かれていづこに行きしや彼の黒鯛は

流星の飛ぶとふ今宵着ぶくれて十数個数ふ雲の合間に

七回忌十七回忌と妹の夫婦の遺影の前にぬかづく

親族が集へる妹の法要の座をはしやぎまはる妹の曾孫

雪晴れの谷川岳が迫り立つ「ホテル聚楽」の朝餉の窓に

教へ子の同窓会に招かれて被災情報のいくつか確かむ

碧天の初富士

平成二十五年

河口湖より展望台に登り来て碧天の初富士に言葉をなくす

雲一つない大空に輝ける初富士を撮りスマホで送る

初詣に子らと連れ立ち神前のお神籤を引く大吉願ひ

二年越し本格的に墨をする部屋に満ちくる古書の香り

突然に渋滞の窓かすめ行く救急車二台うなりひびかせ

ことことと時間をかけて炊きあぐる七種粥《ななくさがゆ》や母の味継ぐ

高屋根に餌を待ちゐる雀らに撒けぬ日五日深雪解けねば

曇りても降りても思ふは山形のみなし仮設に住む友のこと

避難地で雪とたたかふ生活と山形よりの春乞ふ便り

餌撒きし庭に積もれる雪の上についばみ行きしや足跡残る

窓よりの陽射しは確と春なれど朝夕未だ肌さす寒気

震災後二年の春は改築の家に戻りて独り茶を汲む

ふつふつと熱い陶器の海老ドリア外は吹雪の店に集ひて

## 春の訪れ

薪小屋の垂氷《つらら》きらめき細りゆく春は来にけり西日の中に

三月は弟の孫の三回忌遺影は未だ園児のままに

シベリアに帰る日近いか白鳥の餌あさりをり泥にまみれて

救急車のけたたましき音に目覚むれば何時か止みをり夜半の強風

木洩れ日の羽黒山に撮りし曼珠沙華一本ごとに紅競ふ

身の丈の細枝に咲く冬の薔薇庭の片方に津波に堪へて

星形の小花をつけて蕗《ふき》の薹《とう》の淡い緑よ地産の店に

寒に堪へふくらみ初めし桜芽のわづかに紅し無人の庭に

安売りの野菜は福島産とあり線量測らぬ地産の店に

今年また満期口座の通知来ぬ津波に流され証書持たぬに

通帳も印鑑もない口座なれど手続き済ます亡夫のたまもの

満開の千本桜をたづね来てわれもいつしか万座《まんざ》の一人

数本の支柱に枝を委ねつつ万花咲かせる桜の古木

カーナビに委ねし帰途の渋滞よ想定外とカーナビ嘆く

二センチかいや三センチの雪吹雪庭埋めつくす四月といふに

北上川の護岸工事は終はれども「袖の渡り」の松枯れ果てつ

夏至る

母の日とて花の寄せ植ゑ届きたり嫁の添へ書き息子の名前にて

黒鯛の刺身の向かうが透けて見ゆ生けづくりとふ身をかざすとき

弟の金婚式の祝ひとて三夫婦集ふ伊豆の「聚楽」に

下田の黒船祭に立ち寄りて記念撮影す黒船を背に

先進の下田開国に名を残すお吉の秘話に涙の拍手

外竿に夜来の雨の残りゐて連なる水玉杜鵑花《さつき》を映す

再開の浜より届きし生《なま》まつも磯の香はじける夕餉の汁に

朝毎に香焚き早も二年すぐ貴方の歳を遂に超したり

電線に揺れつつ羽づくろふ雀らの寄りつ離れつ語り合ふごと

取材記者に被災当時を語る今歌詠みゐるは亡夫の支へと

子猫らの巣立ちの来しか三週目何処に行きしや臭ひ残して

還暦の集ひに帰郷せしといふ教へ子に小二の面影を見る

鉢植ゑの深紅の薔薇が咲いたとふ華やげる声は仮設の友から

声高に呼びかけられて振り向けば携帯片手の若きが越し行く

施設にて震災を知らずに逝きし夫小高き丘に海を見てゐん

丘に見ゆる網地《あじ》島は二人の出会ひの地夫の墓前に今ひとり佇つ

紫陽花の色に魅せられ登り行く八十路の萎えをしばし忘れて

縁ありてこの地に住みて五十年友たりし人らみな杖をつく

庭に出てビルの間に昇りくるスーパームーンの明るさ仰ぐ

救急車の音に目覚めて耳すます静かな闇に秒針ひびく

朝の散歩いつもの人らと声交はし計器を腰に二千歩余り

山肌を湯けむり立てて流れ来る足湯の列に友と並べり

門前に傘さしかける僧の居て正法寺のきざはし険し

涅槃図に猫無きを説く若き僧修行に入りて未だ四月と

山肌を雲の影ひく浄土平いはかがみ求めて岩場を辿る

## 鎮魂の唱和

宵祭白を基調の花火上がる鎮魂の唱和ひびける中を

水面染むるかがり火に続く七色の流灯一万暮色の中に

水面埋め寄りては離れ北上川を淀みて下る万の流灯

鼓笛隊の先導はかつての勤務校閉校きまりて今季が最後

誰がために朝なあさなに菜を刻む食分かち合ふ連れ無き二年

蓮の池小舟に乗りて縫ひ行けば我を招《お》くがに紅蓮揺らぐ

蓮見れば父思ひ出す昭和初期盆花売りのリヤカー引きし

一つ又ひとつ離れて蒲公英《たんぽぽ》の絮毛とびゆく風のまにまに

下枝に空蟬そりてすがりをりぬけ出た蟬のいづこに鳴くや

オリンピックの開催地日本と決まるニュースはしばし世界を巡る

日に数個熟れれば摘みて持ちて来ぬ息子が育てたるミニトマトの珠

上るより下るに軋む足腰を踏みしめ歩くわれも老いしか

久々に一首送れば彼の人の色紙仕立ての歌もどりきぬ

男の孫のつひに職得しよろこびを分かたんとして亡夫に香焚く

秋さ中猊鼻《げいび》の渓は霧立ちて女船頭の追分しみる

幽玄洞の暗い足場をたどりつつ太古の地層にしばらく触るる

錦木の紅冴えざえと雨の路肌に沁みくる里にも秋が

冬初むる

白鳥の群れ十数羽下り立ちて刈田の糧に命をつなぐ

ふと触れたゐのこづちの実袖に付き図らずもわれ運び屋となる

咲き競ひし花のあらかた枯れ果てて庭に黄菊の一本揺るる

葉を落とし細身になりし八つ手の木白い花穂の暮色にかすむ

吹く風を一夜聞きゐし蔵王の宿明くれば峰に雪煌めきぬ

夫逝きて残る八十路の宵々に何を記すべきエンディングノート

歌会終へて帰り路に立つバス停に点るがに白し上弦の月

妻が病み来ることまれなる弟よ復興建築に追はれてゐるか

指先に命あるごとスマホ操る年たづぬれば片手でぱあつと

草の根を掘り落葉集め公園の年の納めの清掃終はる

雪掻きの音の間合ひの亡夫に似る今朝訪ね来て雪を掻く息子の

# 冬木の雀

平成二十六年

どつと来し賀状に駆ける干支の午《うま》両手に受けて一日あそぶ

腕を折り造成宅地に重機らは土盛り途中の正月休み

玉川の温泉郷に日帰りの年湯たのしむ老いら七人

遠く住む同級生からの年賀状今年の文も書き手は妻か

四季桜の花びら一枚貼り添へて賀状届きぬ病める君から

天を指す冬木に群れて雀らの餌を待つらし朝の寒さに

フラダンスの会にて踊る六十の姪の楽しげ「今青春」と

津波後のかつての任地大川は七年間の面影もなし

湾内は空を映して鎮まれど岸辺に積まるる土嚢いつまで

降り続く雪に歩道は埋まりをり車避けつつ車道を歩む

われのルーツ武山姓は落ち武者の帰農したとふ今日の講演

夫逝きて独りとなれば年金に生きゆく術のやりくり続く

屋根に積む雪せり出して午後の陽に垂れ始めたり両手に受くる

オリンピック見据ゑてひと日炬燵なり真央のフリーを日記にしるす

声上げて鬼は遣《や》らへど独りなれば黙して拾ふ歳の数だけ

春の雪つき上げて出るミントの芽庭一面を覆ふか知れず

独り居の証とて常に持ち歩く保険証一枚スマホと共に

二階よりヘリに拾はれ雪の夜の避難飛行せしあれから三年《みとせ》

海鳴りを丘に聞く時友の声今日はせぬかと期待し三年

## 春のほろにが

手作りのみどり濃き菜をいただきぬ湯がけば広がる春のほろにが

第四十二回東北短歌大会三位入賞

男の孫の選びし職は消防士被災後三年の就活を経て

震災を経て選びしは消防士孫の入校式をじつと見つむる

花びらが輓馬《ばんば》の背に舞ひ散りて涌谷城下の競演しばし

時間など思ふにまかせ生きをれど時には恋しむ二人の頃を

千年の命しぼりて咲き盛る三春の桜望遠に撮る

震災後に新墓ふえし丘の上逝きし日同じ墓並び立つ

丘の上の墓碑一様に海に向き花咲く苑に夫も鎮もる

綿埃《わたぼこり》目につき掃除機かけ終へてほつと一息紅茶に憩ふ

紫陽花とカーネーションが届けられぬ娘居ぬわれに二人の嫁から

被災より四年目の孫は初任給でプレゼントする家族の皆へ

「仏花に」と貰ひし花の今盛る杖突く友の育てし牡丹

老いたりや旅も億劫になりしわれガイドブックをめくれば足りぬ

消防の訓練に入り早や三月「こらへよ」と祈るほか無きばあば

梅雨に入れば「雨には雨の訓練」とかはされてをり消防士の孫に

離れ住む息子とのドライブ三時間さもない話題に時流れゆく

歌集　海見ゆる丘　畢

# 跋

現代歌人協会会員・「音」短歌会宮城県支部代表
佐藤成晃

七十代で作歌を始め、今八十代半ばにさしかかって歌集を編もうとされている中山くに子さん。その中山さんの心意気に打たれ、一文を認《したた》めようとしながら数日が過ぎてしまった。理由はひとつ。中山さんの家族詠の重さ、深さ、温かさの前に言葉を失ったためである。そして、中山さんが歌集を出そうとされる理由もまたそこにあるのではないかと推察する。長く連れ添ったご主人の発病とその看護・介護に尽くす姿は、当然のごとくに見えながら、やはり記録・表現するすべを知っている者のみにある何かが支えになっていることをも思わせてならない。

もの言はぬ夫を看とりて十年余今朝の瞳は何を告ぐるや
病院の夫を見舞ひて帰る道祭太鼓の噎《むせ》びて聞こゆ
子燕の餌を待つがに口あけて夫は無心に粥を飲みこむ
病院の夫とのアイコンタクト取れぬ日は帰りて一人枕を濡らす
掌《て》に触《ふ》るる背《せな》の薄さよ雪山を共に駆けにし君にありしか

作品としての佳作を書き抜きながら、やはり「不幸な」内容の歌の前に口を閉じてしまう。ご主人との永久の別れ、三・一一被災での弟のお孫さんとの別れ、ご自宅への津波の浸水などの不幸を詠むために作歌を試みていたのではないかとさえ思われてならない。ここに挙げた五首については説明はいらない。身内に病む者を持つ人のその時どきの心の揺れを余すところなく描写している。五首目は、「ＮＨＫ介護百人一首」（二〇一二年）に入選したもので、授賞式での中山さんのインタビューが全国に放映されたのだった。

七日毎めぐる忌の早や七回目海見ゆる丘に納骨すます
冬空に今宵は星のまたたきぬ一つ離るるは逝きたる夫か

ご主人のその後を詠んだたくさんの作品から、この二首を選んでみた。説明することが不遜になってしまう。心からご冥福を祈りたいと思う二首である。

中山さんは、元小学校教諭である。三・一一の報道で全国的に話題になった石巻市立大川小学校が若い頃の任地であった。この度の犠牲児童の親の大部分がかつての教え子だという。

母子像の建立されし大川小の親達の大方はわれの教へ子
この海のいづこに魔物住みゐるやひきて返さぬ子らの屍を
大津波に呑まれて逝きし甥の子に入学祝ひのカバンを供へむ
妹の七回忌に集ひし孫五人妹の知らぬ曾孫も交じる
就活中の孫出でゆきぬ小山なす瓦礫警備の夜半のパートに
待ちわびし地元復興の開店日千の長蛇に入ろか我も

父母《ちちはは》の写真なきかと訪ひ来たる友の子ありき津波後三月《みつき》

遺体なき葬の済みたる友の墓刻まれし名は未だ朱のままに

潮風に吹かれて咲ける花あれど瓦礫の街は土けむり立つ

壁一つへだてる仮設隣家への音をおさへて食器並ぶる

三・一一の悲しみに明け暮れながらも、その後の様ざまな場面を歌の材料として詠んできた中山さんの作品。それらの中に新しい生活に向かって動き出すかすかな明るさが漂いはじめたような気のする作品である。当地の読者には全く説明の要らない作品群ではあるが、忘れようにも忘れられない一齣一齣が記録されている。一首一首が「公的な」記録にも劣らない深刻さを如実に詠ったもので、いつまでも大切にしていきたいと思うものばかりだ。

はらからと草津の名湯を巡り来て去年を流しぬ熱い出で湯に

駒かけて来るといふ夫を迎へんと盆灯供ふ初盆なれば

影のなき人と住みゐる夜の更けを訪ひ来ては鳴く小さきこほろぎ

時間が経過することから生まれる歌材とのある距離感が、自ずからなせる雰囲気の中に、中山さんの短歌境が一段と深まったと思わせる作品である。くり返しくり返し読み続けていきたいという気持ちに読者をいざなう、いい作品だ。

セシウムの数値高しと裁かれていづこに行きしや彼の黒鯛は
ことことと時間をかけて炊きあぐる七種粥《ななくさがゆ》や母の味継ぐ
満開の千本桜をたづね来てわれもいつしか万座《まんざ》の一人
丘に見ゆる網地島《あじ》は二人の出会ひの地夫の墓前に今ひとり佇つ
雪搔きの音の間合ひの亡夫に似る今朝訪ね来て雪を搔く息子の
男の孫のつひに職得しよろこびを分かたんとして亡夫に香焚く
声上げて鬼は遣《や》らへど独りなれば黙して拾ふ歳の数だけ
離れ住む息子とのドライブ三時間さもない話題に時流れゆく

書き抜いていくと限《きり》がない。そして饒舌な解説ももう終りにしたい。ここまで来れば、中山さんへの涙くさい同情などは要らないのではと思ってしまう。七十代にして始めた短歌は、いろいろな悲惨な体験を積みながらみごとな境地に達しようとしている。今後への更なる精進を期待したい昨今である。

中山さんは、俳句作家でもある。昨年出版された句集『祭太鼓』では出版社内賞の文學の森賞を受賞した。この俳句も、教職の定年退職後に始められたという。ご主人がくださった賜物の時間を一生懸命生きた証だと思う。遅く花開いた韻文の大輪に大きな拍手を送ってペンを擱く。

平成二十六年九月

# あとがき

亡き夫の四回目の命日も過ぎたところで、これまでに詠みためてきた歌が五〇〇首余りありますので、何とか形あるものを残したいと思い佐藤成晃先生にご相談申し上げましたところ快く背中を押していただきました。私なりに選歌して四二〇首の原稿をお送りしました。二回のご指導の末、最終的には三八三首となりました。

私は、平成二十四年四月に句集『祭太鼓』を出版しました。俳句と並行して短歌も詠んできましたが、俳句では表現しきれないものを短歌に求めていたのかも知れません。平成二十三年頃から急激に歌の数が増してきましたが、それは、あの「三・一一」と夫との別れがあったからだと思います。『祭太鼓』発刊後も俳句は続けていますが、十七文字に詠む俳句と三十一文字の短歌に詠むことを自ずと詠み分けているのだと思います。

　思えば、平成十七年六月以来、石巻中央公民館主催の「石巻つくも大学」の短歌クラブに所属し、当時の講師水間直造氏に短歌の手ほどきをしていただきながら、先輩方と月一回の歌会を楽しんできました。

　平成二十二年五月からは、佐藤先生がつくも大学の講師としておいでになりました。佐藤先生が「短歌の心構え」として説かれたことは

1　生きている証としての短歌であること
2　自分のこれまでの人生が滲み出る作品であること
3　月一首から一日も早く脱出すること
4　生活の具体に触れた作品であること

等々でした。

　以来、毎月必ず有名歌人の名歌、秀歌をご紹介いただき、良い作品に出会うこと、好きな歌人の歌集に巡り会うことの大切さをご指導いただく勉強会が一年近く続きました。

そして二十三年のあの「三・一一」の大震災です。

その年の八月、先生から会員の居住地一覧表が送られてきました。先生はご自身も家をさらわれながら、会員一人一人の所在を確認し一覧表をお作りくださったのでした。誠に有難く忘れられません。

その頃の私は震災に続く夫の介護と別れ（七月十日）のあった直後でした。詠みためてきた短歌の添削を思い余って先生にお願いしたこともありました。

平成二十三年九月、遂に石巻市山下町の割烹「竹乃浦」で短歌クラブが再開いたしました。以前短歌クラブで使用していた公民館は避難所となっており、そこでのつくも大学の再開はまったく目途のたたない状況でした。翌十月の勉強会には会員十三人全員が集まりました。この時の喜びは今も鮮明に覚えています。その後平成二十四年六月には以前の公民館での勉強会に戻りました。

短歌の勉強が進むにつれ、日本語の難しさ・ことばの大切さを痛感してきました。勉強会の終了後にはいつも「かつての国語の授業での余白を埋めていただいているようだね」と歌友らと話し合っています。然し、反面一首詠むごとに心の重荷やもどかしさが軽減され癒されることも実感してきました。

歌集の『海見ゆる丘』というタイトルは次の三首の中から決めました。

七日毎めぐる忌の早や七回目海見ゆる丘に納骨すます
丘に見ゆる網地《あじ》島は二人の出会ひの地夫の墓前に今ひとり佇つ
早や夫の周忌迎ふる梅雨明けの海見ゆる丘にはらから集ひぬ

佐藤先生にはご多忙の中でたくさんのご指導と身に余る跋をいただきましたことを心より感謝申し上げます。また、共に励ましあって来た歌友の皆様にも御礼申し上げます。「文學の森」の皆様には不思議な〝えにし〟を感じております。ご指導・ご助力有難うございました。

平成二十六年九月

中山くに子

## 著者略歴

中山くに子（なかやま・くにこ）

昭和６年７月　宮城県河北町飯野川（現石巻市）に生まれる
昭和25年　宮城県立飯野川高等学校卒業
　　　　　宮城県内小学校教諭

＜句歴＞
平成５年　　　退職教職員互助会文芸クラブ（俳句）入会
平成15年　　　「きたごち」入会、柏原眠雨氏に師事
平成24年４月　『祭太鼓』きたごち叢書第21輯刊行
　　　　　　　日本現代詩歌文学館振興会会員
平成25年　　　『祭太鼓』第６回文學の森賞受賞

＜歌歴＞
平成17年　「石巻つくも大学短歌クラブ」入会、水間直造氏に師事
平成22年　佐藤成晃氏に師事
平成24年　「ＮＨＫ介護百人一首」に入選
　　　　　第２回日本短歌大会（東北）一般の部佳作賞受賞
平成26年　第42回東北短歌大会３位入賞

現住所　〒986-0814　宮城県石巻市南中里 2-3-26
電　話　0225-95-4590

歌集

# 海見《うみみ》ゆる丘《おか》

発　行　平成二十七年一月三十一日
著　者　中山くに子
発行者　大山基利
発行所　株式会社　文學の森
〒一六九-〇〇七五
東京都新宿区高田馬場二-一-二　田島ビル八階
tel 03-5292-9188　fax 03-5292-9199
e-mail　mori@bungak.com
ホームページ　http://www.bungak.com
印刷・製本　竹田　登
©Kuniko Nakayama 2015, Printed in Japan
ISBN978-4-86438-389-9　C0092
落丁・乱丁本はお取替えいたします。